LES AUTEURS

Steve Barlow est né à Crewe, au Royaume-Uni. Il a été tour à tour enseignant, acteur, régisseur et marionnettiste, en Angleterre et au Botswana, en Afrique. Il a rencontré Steve Skidmore dans une école de Nottingham. Rapidement, les deux Steve ont commencé à écrire à quatre mains. Steve Barlow vit maintenant à Somerset. Il aime faire de la voile sur son bateau qui s'appelle le *Which Way* (*De quel côté?* en français), car Steve n'a habituellement aucune idée de sa destination lorsqu'il part en mer.

Steve Skidmore est plus petit et moins chevelu que Steve Barlow. Après avoir réussi quelques examens, il a fréquenté l'université de Nottingham, où il a passé le plus clair de son temps à faire du sport et à exercer divers emplois d'été, certains épiques, comme celui où il devait compter des croûtes à tarte (vraiment!). Il a enseigné l'art dramatique, l'anglais et le cinéma, avant de faire équipe avec Steve Barlow et de se consacrer uniquement à l'écriture.

Ensemble, les deux Steve ont écrit plus de 150 livres, dont la série *Mad Myths*.

L'ILLUSTRATRICE

Sonia Leong vit à Cambridge, au Royaume-Uni. Membre des Sweatdrop Studios, cette véritable vedette des artistes du manga a remporté tant de prix qu'il serait impossible de tous les énumérer ici. Son premier roman illustré s'intitule *Manga Shakespeare : Romeo and Juliet*.

Vis d'autres aventures de héros!

Déjà parus :

Le château
des ténèbres

Steve Barlow et Steve Skidmore
Illustrations de Sonia Leong
Texte français d'Hélène Pilotto

Catalogage avant publication de Bibliothèque et Archives Canada

Barlow, Steve

Le château des ténèbres / Steve Barlow et Steve Skidmore; illustratrice,
Sonia Leong; traductrice, Hélène Pilotto.

(C'est moi le héros)
Traduction de: Castle of doom.

ISBN 978-1-4431-2652-6

I. Skidmore, Steve, 1960- II. Leong, Sonia III. Pilotto, Hélène
IV. Titre. V. Collection: Barlow, Steve. C'est moi le héros.

PZ23.B3678Chat 2013   j823'.914   C2013-900284-7

Ton destin est entre tes mains...

Ce livre n'est pas un livre comme les autres, car c'est *toi* le héros de l'histoire. Tu devras prendre des décisions qui influenceront le déroulement de l'aventure. À toi de faire les bons choix!

Le livre est fait de courtes sections numérotées. À la fin de la plupart d'entre elles, tu auras un choix à faire, ce qui t'amènera à une autre section.

Certaines décisions te permettront de poursuivre l'aventure avec succès, mais sois attentif… car un seul mauvais choix peut t'être fatal!

Si tu échoues, recommence l'aventure au début et tâche d'apprendre de tes erreurs. Pour t'aider à faire les bons choix, coche les options que tu choisis au fil de ta lecture.

Si tu fais les bons choix, tu réussiras.

Sois un héros… pas un zéro!

Tu es le dernier des grands sorciers guerriers. Tu vis dans un monde où la magie et les monstres se côtoient. Tes talents de sorcier n'ont d'égal que ton habileté au combat à l'épée. On dit de toi que tu es à la fois sage et courageux.

Plusieurs genres de créatures évoluent autour de toi. Gobelins, trolls et nains cohabitent avec les êtres humains, hommes et femmes. Toute ta vie, tu as combattu les forces du mal avec succès... jusqu'à présent du moins.

L'hiver bat son plein. Tu es chez toi, assis auprès du feu avec un vieux grimoire. Tu es absorbé par la lecture de formules anciennes pour vaincre des démons quand soudain, quelqu'un frappe brusquement à ta porte. Tu sais alors qu'on a besoin de ton aide...

Va au numéro 1.

1

— Ouvre-toi! ordonnes-tu à la porte.

Elle s'ouvre sur-le-champ et une rafale de neige s'engouffre dans la maison. Un jeune homme se tient sur le seuil.

— Si tu viens en ami, entre, lui dis-tu.

Le jeune homme entre en titubant.

— Je m'appelle Muto. Je viens en ami et j'espère que vous accepterez d'être notre allié. Une grande menace plane sur les terres du Nord et vous seul pouvez nous aider…

Si tu veux t'assurer que Muto est bien celui qu'il prétend être, va au numéro 24.

Si tu préfères écouter son histoire, va au numéro 38.

2

— Dans ce cas, où sont les cordes qui vous retenaient ligotée? demandes-tu en brandissant subitement ton bâton. Montrez-moi votre véritable identité!

Des flammes vertes jaillissent au bout de ton bâton et la jolie femme disparaît! À sa place apparaît la vraie créature : une sorcière à six têtes! Elle crache du venin sur toi. Tu réussis à éviter le poison, qui tombe sur un rocher non loin de toi. La pierre se dissout sur-le-champ!

Si tu veux combattre la sorcière à l'épée, va au numéro 10.

Si tu préfères utiliser la magie, va au numéro 35.

3

— Je ne te donnerai rien, lâches-tu d'un ton tranchant.

— C'est ce qu'on va voir, réplique le plus gros des grollbelins.

Ils avancent tous deux vers toi en brandissant leur arme. Ces monstres sont féroces, mais ils sont bêtes de s'attaquer à toi. Tu soupires et pointes ton bâton vers eux.

Si tu veux te débarrasser des grollbelins, va au numéro 47.

Si tu préfères leur laisser la vie sauve, va au numéro 36.

4

Tu décides d'attaquer le comte par surprise. Vif comme l'éclair, tu dégaines ton épée, sautes sur une table et enfonces ton arme dans la poitrine du comte Maudius.

Un silence de mort s'abat sur la salle. Sans te quitter des yeux, le comte se lève, regarde l'épée… et éclate de rire!

— Pauvre fou! N'as-tu pas entendu dire que je suis un homme *sans-cœur*? On ne peut pas me tuer en me poignardant!

Les paroles entendues à l'auberge te reviennent à l'esprit.

— Comment est-ce possible? demandes-tu.

— Tu ne le sauras jamais, répond le comte.

Sur ce, il retire l'épée de sa poitrine et, sans prévenir, la plonge dans ton corps.

Tu as échoué dans ta mission. Pour essayer à nouveau, va au numéro 1.

5

Tu te dis qu'il serait ridicule de partir en pleine nuit. Cependant, l'existence du comte Maudius t'inquiète. Tu décides de jeter un sort à ta maison afin de te protéger des visiteurs indésirables qui pourraient s'en approcher pendant que tu dors. Tu prépares ton sac et te mets au lit, mais tu as bien du mal à trouver le sommeil. Tes rêves sont peuplés de démons monstrueux et de créatures grotesques.

Debout à l'aube, tu glisses ton épée dans son fourreau, ramasses ton sac et sors. En examinant la neige, tu remarques plusieurs traces de pas étranges autour de ta maison. Tu te félicites d'avoir pensé à te protéger de ces créatures en jetant un sortilège à ta demeure la nuit dernière.

Tu vas seller ton cheval à l'écurie, puis tu te mets en route vers le nord.

Va au numéro 13.

6

Tu remets ton épée et ton bâton à l'ogre. Te voilà sans défense. Un gobelin s'approche avec un sourire menaçant. Ses dents sont noires et pourries. Vif comme l'éclair, il t'assène un coup de massue sur la tête et t'assomme d'un coup. Tu t'écroules par terre, inconscient.

Va au numéro 42.

7

Tu t'avances vers la table des nains et leur demandes :

— Est-ce que je peux me joindre à vous?

— Si tu as de l'argent et que tu es prêt à le perdre, oui, répond l'un d'eux.

Tu souris et lances un sac d'écus sur la table. Puis, tu commandes à boire et t'assois. Le jeu est en ta faveur. Au bout d'une demi-heure, tu as accumulé une grosse pile de pièces. Les nains sont mécontents. Ils te jettent des regards haineux et palpent leurs couteaux sous la table.

Si tu veux continuer à jouer, va au numéro 19.

Si tu veux leur demander s'ils connaissent le comte Maudius, va au numéro 22.

8

Tu racontes au vieillard ton projet d'éliminer le comte Maudius.

— Alors, le destin vous a mis sur ma route, déclare-t-il en tirant une petite clé dorée de la pochette en cuir qui pend à sa ceinture. Voici la clé du cœur du comte Maudius.

Perplexe, tu lui demandes plus d'explications.

— Il y a plusieurs mois, un ami, également guérisseur, s'est fait demander une potion pour guérir un homme dont la poitrine avait été ouverte. Il a accepté, mais ce faisant, il en a appris plus sur cet homme qu'il ne l'aurait dû. Il a découvert qu'il avait affaire au comte Maudius et que celui-ci, avec l'aide des forces du mal, avait réussi à se faire ôter le cœur et à le mettre en sécurité dans un coffret en or! Bref, ce guérisseur a volé la clé du coffret et me l'a remise, sûr que le comte Maudius allait se lancer à sa poursuite. Comme prévu, le comte Maudius l'a pourchassé, retrouvé et tué, mais mon ami n'a jamais révélé l'endroit où se trouvait la clé. À présent, je vous l'offre en cadeau. Faites-en bon usage.

Il te tend la clé.

Tu la prends et fais tes adieux au vieillard.

Va au numéro 16.

9

Tu tentes d'attraper ton épée, mais la créature est plus rapide que toi. Elle t'agrippe le bras, enfonce ses griffes pointues dans ta chair et la déchire. Tu voudrais prononcer une formule magique pour refermer ta blessure, mais en un éclair, la bête est sur toi et elle plante ses crocs acérés dans ta gorge, faisant cesser ton cri sur-le-champ… et à jamais.

Si tu veux recommencer l'aventure, va au numéro 1.

10

Tu dégaines ton épée, mais déjà, la sorcière contre-attaque. Ses six têtes crachent sur toi et des gouttes de son venin mortel touchent ton corps. Tu pousses un cri de douleur en sentant le liquide brûler ta peau.

D'un grand coup d'épée, tu réussis à lui couper une de ses six têtes, mais tu constates avec horreur qu'une nouvelle tête repousse instantanément à la place de l'ancienne et qu'elle se remet aussitôt à cracher son poison sur toi.

Si tu veux continuer à te battre à l'épée, va au numéro 44.

Si tu préfères utiliser la magie, va au numéro 35.

11

Tu forces ton cheval à avancer. Soudain, il rue et te désarçonne. Dans ta chute, tu laisses échapper ton bâton. Tu heurtes le sol et un craquement sinistre résonne.

Avant même d'avoir réussi à te remettre debout, tu vois plusieurs grosses bêtes surgir d'entre les arbres. Leurs grognements et leurs hurlements déchirent la nuit qui enveloppe maintenant la forêt. Ton sang se glace quand tu comprends que tu es attaqué par une meute de loups-garous! Ils te fixent en faisant claquer leurs larges mâchoires, hérissées de dents aussi tranchantes que des lames.

Pour tenter de retrouver ton bâton, va au numéro 41.
Si tu préfères utiliser ton épée, va au numéro 26.

12

— J'ai des nouvelles pour ton maître, annonces-tu à l'ogre. Je dois le voir d'urgence.

L'ogre se cure le nez pensivement. Les autres gardes te fixent d'un air dur et tâtent leurs armes. Les chiens diaboliques crachent du feu par terre.

Enfin, l'ogre déclare :

— C'est bon, vous pouvez me suivre. Mais remettez-moi d'abord votre épée et votre bâton.

Si tu acceptes d'obéir à l'ogre, va au numéro 6.

Si tu veux plutôt entrer au château par la force, va au numéro 23.

Si tu préfères y accéder en utilisant la magie, va au numéro 39.

13

Tu chevauches plusieurs heures dans le paysage enneigé. La matinée se passe, puis l'après-midi, et voilà que le soleil d'hiver s'apprête déjà à se coucher. Tu arrives à un carrefour. Tu hésites sur la direction à prendre.

Si tu choisis la route de la forêt, va au numéro 28.

Si tu choisis la route de la rivière, va au numéro 43.

Si tu choisis la route qui mène à l'auberge, va au numéro 34.

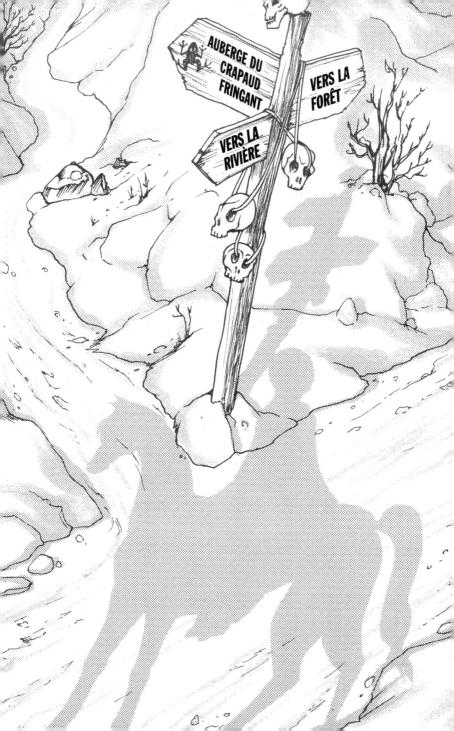

14

Tu avances lentement vers le comte Maudius.

Avant que tu dégaines ton épée, le comte te montre du doigt et dit :

— Bienvenue à mon banquet, cher héros!

Il esquisse un sourire diabolique. Il avait deviné ta présence chez lui, semble-t-il.

Si tu veux te jeter sur lui avec ton épée, va au numéro 30.

Si tu veux le combattre par la magie, va au numéro 20.

15

Tu te diriges vers le comptoir.

— J'ai besoin d'une chambre pour la nuit.

L'aubergiste hoche la tête et dit :

— J'ai une chambre, mais dites-moi d'abord qui vous êtes et ce qui vous amène ici.

Tu te présentes et expliques la raison de ta présence dans la région. Le silence s'installe dans l'auberge. Parmi les clients, un gobelin te fixe.

— Vous avez bonne réputation par ici, commente l'aubergiste. Nous sommes honorés de vous compter parmi nos invités.

Il t'offre une consommation gratuite et poursuit :

— Le comte Maudius aussi est connu. C'est un être maléfique. On raconte qu'il est cruel et qu'on ne peut pas le vaincre comme n'importe quel humain.

Pendant que tu parles avec l'aubergiste, tu vois le gobelin sortir en douce de l'auberge.

Si tu veux suivre le gobelin dehors, va au numéro 33.

Si tu préfères monter à ta chambre, va au numéro 48.

16

Tu quittes le vieil homme et poursuis ton voyage vers le nord.

Au bout d'une autre journée de route, tu atteins les hautes montagnes et aperçois enfin ta destination : le château du comte Maudius! Tu t'y diriges avec prudence.

En approchant du pont de pierre qui mène au château, ton cheval s'immobilise et refuse d'avancer. Tu descends de selle et marches jusqu'à l'entrée du château. Des ogres, des gobelins et deux géants de pierre montent la garde. À ta vue, des chiens démoniaques tirent avec fureur sur leur laisse.

L'un des ogres s'avance vers toi.

— Qui êtes-vous et que venez-vous faire ici? grogne-t-il.

Si tu veux discuter pour entrer au château, va au numéro 12.

Si tu veux y entrer par la force, va au numéro 23.

Si tu préfères utiliser la magie, va au numéro 39.

17

Tu es plus rapide que le métamorfo. D'un bond, tu sautes par-dessus sa tête et tu réussis à attraper ton bâton de sorcier. Tu te retournes aussitôt et le pointes vers lui.

— Plus un geste! hurles-tu.

Un rideau de feu aveuglant surgit de ton bâton et enveloppe le métamorfo d'un filet de flammes. Furieux, il pousse des grognements haineux, profère des jurons et tente de te jeter des sorts, mais rien n'y fait : tu le maîtrises totalement.

Si tu veux éliminer la créature, va au numéro 45.
Si tu préfères l'interroger, va au numéro 31.

18

Tu te diriges vers la grande salle. Un géant de pierre vêtu d'une cotte de mailles noire et armé d'une énorme épée te bloque le passage.

— Où penses-tu aller comme ça, sans nourriture pour le banquet d'avant-guerre? grogne-t-il.

Tu comprends qu'il serait ridicule d'essayer de combattre le garde avec autant de soldats dans les parages.

Si tu veux user de magie contre le garde, va au numéro 37.

Si tu préfères aller aux cuisines, va au numéro 27.

19

Tu saisis le paquet de cartes pour les distribuer, mais t'interromps quand un des nains brandit son poignard.

— Si tu gagnes autant, c'est que tu triches… lance-t-il. Et nous, on n'aime pas les tricheurs, pas vrai vous autres?

Les autres nains approuvent d'un signe de tête et sortent eux aussi leur couteau. L'auberge devient subitement silencieuse.

Si tu décides de te battre, va au numéro 30.

Si tu préfères leur expliquer qui tu es, va au numéro 22.

20

Tu sautes sur une table et brandis ton bâton de sorcier en criant :

— Osez affronter votre destin!

Un lourd silence plane sur la salle. Tous les regards sont tournés vers toi, y compris celui du comte Maudius.

— Disparaissez! ordonnes-tu.

Mais rien ne se produit. Sous le choc, tu regardes ton bâton sans comprendre.

— Je savais que vous me rendriez visite, lâche le comte en éclatant de rire. C'est pourquoi j'ai jeté un sort de protection à mon château. Ainsi, personne ne peut utiliser de magie en ces lieux… sauf moi!

À son tour, il brandit son sceptre et en fait jaillir un puissant éclair. Le jet de lumière te frappe en pleine poitrine et te projette au sol, sans connaissance.

Va au numéro 42.

21

— Combien cela coûte-t-il? demandes-tu.

— La vie, rugit le grollbelin en bondissant vers toi, sa hache tournoyant dans l'air.

Tu agites ton bâton devant ton assaillant. Un doigt de flamme en surgit et fait tomber la hache de la main du grollbelin. Il s'effondre par terre, étourdi. L'autre grollbelin est hésitant; il se dandine devant le pont, l'air ahuri.

Si tu veux éliminer les grollbelins, va au numéro 47.

Si tu préfères leur laisser la vie sauve, va au numéro 36.

22

— Je joue seulement pour le plaisir, expliques-tu. Je me fiche de l'argent. Reprenez-le.

Les nains te regardent avec étonnement.

— En retour, ajoutes-tu, j'aimerais savoir une chose : connaissez-vous le comte Maudius?

Un des nains hoche la tête et dit :

— J'arrive des terres du Nord. Les rumeurs à propos du comte Maudius vont bon train. On raconte qu'il est très puissant et qu'il ne peut être vaincu ni par magie ni par les armes. Il a la réputation d'être un homme cruel et sans-cœur. C'est tout ce que je sais.

Maintenant, tu sais que tu as affaire à un ennemi redoutable.

— Merci du renseignement, dis-tu.

Tu décides de discuter avec l'aubergiste aussi, va au numéro 15.

23

— Je veux voir ton maître et tu ne m'en empêcheras pas! clames-tu en tirant ton épée.

D'un geste rapide, tu coupes la tête de l'ogre.

Aussitôt, les autres gardes t'attaquent. Les chiens diaboliques bondissent sur toi en crachant du feu. Tu fais une roulade pour leur échapper, tout en leur donnant plusieurs coups rapides au passage.

Malgré ta détermination, tu vois bien que les gardes sont trop nombreux pour pouvoir les affronter seul. Les géants de pierre s'approchent et t'assènent deux rudes coups. Tu t'écroules en lâchant ton épée et ton bâton. Te voyant sans défense, un gobelin se rue sur toi, la gueule grande ouverte, toutes dents dehors...

Va au numéro 9.

24

D'un geste vif, tu saisis ton bâton de sorcier et tu le diriges vers Muto.

— Montre-moi ta véritable identité! ordonnes-tu.

Muto bondit vers toi, mais il est trop lent. Un rideau de flammes vertes surgit du bout de ton bâton et vient l'envelopper. Malgré ses cris et ses rugissements de protestation, il se transforme aussitôt en un affreux démon. Muto est en fait un métamorfo : il peut se transformer à volonté!

Furieux, il pousse des grognements haineux, profère des jurons et tente de te jeter des sorts, mais rien n'y fait : tu le maîtrises totalement. Tu te demandes pourquoi il te rend visite.

Si tu veux te débarrasser du métamorfo, va au numéro 45.

Si tu préfères le questionner, va au numéro 31.

25

Tu accours vers le vieillard et commences à défaire son bâillon, même s'il ne cesse de se débattre.

— C'est un piège! s'écrie-t-il dès qu'il peut parler.

Tu te retournes et constates qu'une horrible sorcière à six têtes se trouve à la place de la jeune femme! Elle se met à cracher du venin sur toi. Tu réussis à éviter le poison, qui tombe sur un rocher non loin de toi. La pierre se dissout sur-le-champ!

Si tu veux user de magie contre la sorcière, va au numéro 35.

Si tu préfères l'affronter à l'épée, va au numéro 10.

26

Tu brandis ton épée en criant « Lumière! » Aussitôt, ton bâton tombé par terre produit une lueur blanche très brillante, qui illumine l'obscurité.

Cette lumière soudaine surprend tes trois attaquants. Tu profites de leur aveuglement passager pour les attaquer. D'un rapide coup de lame, tu élimines un des loups-garous.

Les deux autres bêtes bondissent vers toi, mais tu es plus habile qu'elles au combat. Tu tournes sur toi-même, le bras tendu, fendant l'air avec ton épée. Un deuxième loup-garou s'effondre, terrassé.

La troisième bête se met à reculer, mais tu n'es pas d'humeur à la prendre en pitié. Tu t'élances vers elle et, dans une attaque dévastatrice, tu enfonces la lame de ton épée dans sa chair. Le loup-garou pousse un hurlement de douleur et s'écroule à son tour.

Tu ramasses ton bâton et calmes ton cheval. Puis, tu rebrousses chemin et décides de t'offrir une bonne nuit de repos à l'auberge.

Va au numéro 34.

27

Tu entres dans les cuisines. Un feu brûle dans l'âtre et il fait chaud. Des nains chefs cuisiniers lancent des ordres :

— Apportez ce plateau dans la grande salle pour le banquet d'avant-guerre!

L'un des chefs te désigne et dit :

— Toi, va porter ces poulets rôtis. Et que ça saute!

Tu saisis le plateau de nourriture et marches vers la grande salle, à la suite des autres serviteurs. Ainsi, tu passes devant le garde géant et entres dans la salle remplie du bruit des convives qui festoient.

Tu déposes ton plateau et jettes un coup d'œil autour de toi. Des créatures de toutes sortes sont attablées et se gavent de nourriture. Un homme aux longs cheveux d'argent trône à la table principale. Tu devines tout de suite qu'il s'agit du comte Maudius.

Si tu veux attaquer le comte Maudius à l'aide de la magie, va au numéro 20.

Si tu veux l'attaquer à l'épée, va au numéro 14.

Si tu préfères attendre de voir ce qui se passe, va au numéro 46.

28

Tu presses ton cheval sur la route de la forêt. Plus tu avances, plus il fait sombre et plus la route devient étroite.

Ton cheval ralentit le pas. Quelque chose l'effraie. Tu l'immobilises et scrutes la forêt obscure. Même à la lueur de ton bâton de sorcier, tu ne vois rien. Le souffle de ton cheval est le seul bruit que tu parviens à discerner.

Si tu veux rebrousser chemin et aller dormir à l'auberge, va au numéro 34.

Si tu préfères poursuivre ta route dans la forêt, va au numéro 11.

29

Tu hoches la tête et dis :

— Je n'ai pas de temps à perdre. Je dois partir. Le comte Maudius m'attend.

Le vieillard écarquille les yeux et s'écrie :

— Je connais le comte Maudius!

Si tu souhaites lui expliquer ta mission, va au numéro 8.

Si tu préfères quitter le vieillard, va au numéro 16.

30

Tu n'as pas le temps de faire un geste que tu reçois un gros coup derrière la tête. Quelqu'un… ou quelque chose s'est approché de toi en douce par-derrière.

Tu titubes. Tu vois une lame foncer vers ta gorge. Tu éprouves une douleur vive, puis tu sens tes forces te quitter… à jamais.

Si tu veux reprendre l'aventure depuis le début, va au numéro 1.

31

— Qui t'a envoyé ici, démon? demandes-tu. Et pourquoi?

Comme le métamorfo est sous ton emprise, il est obligé de te répondre.

— Mon maître s'appelle le comte Maudius, répond-il d'un ton hargneux. Et son nom te portera malheur. Son pouvoir ne cesse de grandir. Il veut devenir le maître de toutes les terres de ce monde. Il se prépare pour la guerre et il croit que tu es le seul obstacle pouvant l'empêcher de prendre le pouvoir. Par conséquent, tu dois mourir.

— Où vit le comte Maudius?

— Dans son grand château, sur les terres du Nord. Tu sais tout ce que tu voulais savoir.

— Assez! Disparais, affreux démon! rugis-tu.

Les flammes qui entourent le métamorfo deviennent rouge vif et, en un instant, elles le réduisent en cendres. Sur ton ordre, les cendres se regroupent en un petit nuage noir, qui se met à tourbillonner avant d'être aspiré par le conduit de cheminée.

— À nous deux, comte Maudius, marmonnes-tu. Je crois que je vais devoir vous rendre une petite visite et m'occuper de vous.

Si tu veux partir sur-le-champ pour le château du comte, va au numéro 49.

Si tu préfères attendre au lendemain, va au numéro 5.

32

Tu te remémores les paroles du vieillard et, brusquement, tout s'éclaire dans ton esprit. Tu plonges la main dans ta poche et saisis la clé dorée.

Tu avances à pas lents vers le coffret en or. Sans crier gare, le comte Maudius se lève de sa chaise et t'interpelle :

— Je me demandais quand tu te déciderais à te joindre à nous. Bienvenue dans ton pire cauchemar!

Il brandit un sceptre d'où jaillit une flamme verte. Tu réussis à faire un saut de côté. Tu as évité l'attaque mortelle de justesse.

Si tu veux combattre le comte par la magie, va au numéro 20.

Si tu veux l'attaquer avec ton épée, va au numéro 30.

Si tu préfères fracasser la vitrine, va au numéro 50.

33

— Je vous prie de m'excuser, dis-tu à l'aubergiste.

Tu ramasses ton bâton de sorcier, tires ton épée de son fourreau et sors dans la nuit noire à la suite du gobelin.

— Lumière! commandes-tu.

Aussitôt, ton bâton émet une lueur qui éclaire l'obscurité. Tu ne vois aucune trace du gobelin. Tu observes les alentours et vois une scène qui t'arrache un cri d'horreur : ton cheval gît sur le sol couvert de paille… et il baigne dans son sang.

Tu accours auprès de la pauvre bête. À peine accroupi, tu reçois un fort coup derrière la tête. Tu te retournes, tout étourdi, et te retrouves face à face avec l'affreux gobelin. Il t'arrache ton épée et ton bâton des mains, puis, l'air mauvais, il te souffle au visage :

— Avec les compliments de mon maître.

Va au numéro 9.

34

Tu empruntes la route qui mène à l'auberge du Crapaud fringant, que tu atteins peu après. L'endroit est très bruyant. Tu attaches ton cheval et tu entres.

La pièce est enfumée. En te voyant apparaître, les clients se retournent et t'observent.

Tu les salues d'un signe de tête et ils reprennent leurs conversations. Tu les examines en te demandant si l'un d'eux pourrait t'en apprendre plus sur le comte Maudius.

Si tu veux discuter avec des nains qui jouent aux cartes, va au numéro 7.

Si tu préfères parler à l'aubergiste, va au numéro 15.

35

Avant que la sorcière puisse attaquer de nouveau, tu brandis ton bâton de sorcier et cries :

— Disparais, sorcière!

Une flamme blanche jaillit au bout de ton bâton et explose. L'intensité de sa lumière t'oblige à fermer les yeux. Sous tes pieds, le sol tremble. Quand tu rouvres les yeux, il ne reste plus rien de la créature.

Tu te précipites vers le vieillard et t'empresses de le délivrer.

— Merci, dit-il. Vous m'avez sauvé la vie!

— Comment êtes-vous arrivé jusqu'ici?

— Je suis un guérisseur, explique le vieillard. Je fabrique des potions et des remèdes. Je parcours le pays à la recherche d'herbes et de plantes pour mes médicaments. J'étais en train de cueillir des fleurs de nénuphar ce matin quand la sorcière m'a capturé. Vous êtes arrivé juste à temps. Mais vous, que faites-vous dans la région?

Si tu souhaites expliquer ta mission au vieil homme, va au numéro 8.

Si tu préfères repartir au plus vite pour poursuivre ta mission, va au numéro 29.

36

— Vous avez de la chance que je sois de bonne humeur, lances-tu aux grollbelins en pressant ton cheval de traverser le pont.

Cependant, les grollbelins ne sont pas réputés pour leur nature reconnaissante. L'un d'eux assomme ton cheval d'un violent coup de massue. Tu chutes de ta monture et échappes ton bâton de sorcier… qui tombe dans la rivière.

Tu te relèves en titubant et tires ton épée de son fourreau. Tu parviens à tuer un des grollbelins d'un simple coup d'épée, mais peu après, l'autre grollbelin te plante dans le dos sa massue armée de pointes de fer. Ton épée te glisse des mains. Elle est par terre quand le grollbelin se rue sur toi pour l'assaut final.

Va au numéro 9.

37

— Laissez-moi passer! ordonnes-tu en agitant ton bâton de sorcier.

Rien ne se produit.

Le géant de pierre éclate de rire.

— Comme ça, tu es un sorcier, pas vrai? Le comte Maudius savait qu'on aurait peut-être des visiteurs, alors il a prévu le coup : il a jeté un sort de protection au château. Personne ne peut utiliser de magie à l'intérieur de nos murs!

Tu tentes de t'enfuir, mais le géant de pierre t'assomme d'un gros coup de poing sur la tête.

Va au numéro 42.

38

— Raconte-moi tout, dis-tu à Muto.

— Pourrais-je d'abord vous demander une boisson chaude? dit-il. Je marche depuis longtemps et la nuit est froide...

— Bien sûr.

Tu te tournes pour prendre le pichet de vin que tu as mis à chauffer devant le feu. Dès que tu as le dos tourné, un grognement se fait entendre. Tu fais volte-face et constates que Muto s'est transformé en une créature immonde. C'est un métamorfo... il peut modifier son apparence à volonté! Il se jette sur toi en poussant un cri sauvage.

Si tu veux essayer d'attraper ton bâton de sorcier, va au numéro 17.

Si tu veux plutôt essayer d'attraper ton épée, va au numéro 9.

39

— Vous allez me laisser passer, déclares-tu en agitant ton bâton.

Un rayon de lumière apparaît et transforme tous les gardes en statues. Impuissants, ils te regardent passer et entrer dans la cour du château.

L'endroit grouille d'activité. Des créatures de toutes sortes et de toutes tailles s'affairent à aiguiser des armes et à charger des provisions sur des chariots. Tu comprends que le comte Maudius se prépare pour la guerre! Personne ne se préoccupe de toi; chacun semble penser que tu appartiens aux partisans du comte Maudius.

Tu en profites pour examiner les lieux. Les cuisines se trouvent sur ta droite et la grande salle, juste devant toi.

Si tu veux aller dans la grande salle, va au numéro 18.

Si tu préfères te rendre aux cuisines, va au numéro 27.

40

Tu voyages pendant deux jours, ne t'arrêtant que pour manger et pour permettre à ton cheval de se reposer. Les montagnes du Nord sont maintenant en vue. Tu traverses plusieurs villages, mais n'aperçois aucun habitant.

Le lendemain, alors que tu chemines au fond d'une gorge, tu entends des cris étouffés. Quelqu'un appelle à l'aide! Tu lances ton cheval au galop et arrives bientôt au pied d'une chute d'eau, où tu trouves une jeune femme et un vieillard.

Le vieillard est ligoté et bâillonné.

— À l'aide! crie la femme. Nous avons été faits prisonniers. Nos assaillants nous ont laissés ici, mais ils vont bientôt revenir!

— Pourquoi n'êtes-vous pas ligotée? demandes-tu à la jeune femme.

— Je l'étais, mais je me suis libérée, répond-elle. Je vous en prie, aidez-nous!

Si tu acceptes d'aider la jeune femme, va au numéro 25.

Si tu préfères la questionner d'abord, va au numéro 2.

41

Tu cherches désespérément ton bâton, mais les loups-garous fondent sur toi.

— Lumière! commandes-tu.

Il est trop tard. Une des bêtes se jette sur toi, plante ses crocs autour de ta gorge et t'arrache la tête d'un coup.

Tu es mort. Pour recommencer l'aventure, va au numéro 1.

42

Quand tu reprends connaissance, des heures plus tard, tu es enchaîné au mur d'une cave humide. Un gobelin se tient devant toi.

— On s'éveille enfin? Bien. Le maître tient à ce que vous sentiez la douleur avant de mourir.

Il avance vers toi, armé d'une lame brûlante, qui a été chauffée au rouge. Heureusement pour toi, la douleur est de courte durée.

Tu as échoué dans ta mission. Pour recommencer, va au numéro 1.

43

Tu presses ton cheval sur la route qui mène à la rivière. Comme il fait de plus en plus sombre, tu utilises la lumière de ton bâton de sorcier pour éclairer le chemin. Au bout d'une heure, tu arrives à un pont de bois qui surplombe une large rivière.

À la lueur de ton bâton, tu distingues deux imposants personnages qui te barrent la route. Ils sont armés d'une hache et d'une massue hérissée de pointes de fer.

« Des grollbelins », te dis-tu, mécontent.

Les grollbelins sont issus d'un croisement entre les trolls et les gobelins. Ce sont des créatures fort dangereuses.

Le plus laid des deux avance vers toi et grogne :

— Il faut payer pour traverser le pont.

Si tu acceptes de payer, va au numéro 21.

Si tu refuses, va au numéro 3.

44

Une fois de plus, tu balances ton épée de toutes tes forces. La sorcière parvient à éviter ton attaque et elle crache sur toi de toutes ses six têtes. Cette fois, tu n'échappes pas au jet de venin mortel.

Le poison atteint tes yeux et te fait hurler de douleur. Aveuglé, tu lâches ton épée pour te frotter le visage. Tu ne vois rien quand la sorcière s'approche pour mettre fin à tes jours. Tu cherches ton épée à tâtons, mais en vain. La sorcière continue de cracher sur toi sans arrêt, brûlant ta peau et dissolvant ta chair peu à peu... jusqu'à ce que la mort vienne enfin dissiper ta douleur.

Tu as échoué dans ta mission. Si tu veux la recommencer, va au numéro 1.

45

— Disparais, bête immonde! hurles-tu.

Les flammes qui entourent le métamorfo prennent une couleur rouge vif et, en un instant, le réduisent en cendres.

— Retourne dans l'air! ordonnes-tu.

Sur ton ordre, les cendres de la bête se regroupent en un petit nuage noir, qui se met à tourbillonner avant d'être aspiré par le conduit de cheminée.

Tu te demandes bien qui a envoyé le métamorfo chez toi… Malheureusement, comme tu l'as tué, ta question demeure sans réponse. Tu retournes lire ton grimoire près du feu.

Ton aventure est terminée avant même d'avoir commencé. Pour la reprendre, va au numéro 1.

46

Tu profites de ce que la fête bat son plein pour observer la salle. Des ogres, des gobelins et des géants sont attablés et ils débattent de leurs stratégies pour la guerre imminente. Tu sais que l'alliance de toutes ces créatures est une grave menace pour le monde entier.

Tu te demandes quoi faire. En scrutant de nouveau la salle, tu remarques une vitrine installée derrière la table principale. Elle abrite un coffret en or.

Si le vieillard que tu as sauvé t'a donné un cadeau, va au numéro 32.

S'il ne l'a pas fait et que tu veux attaquer le comte en utilisant la magie, va au numéro 20.

S'il ne l'a pas fait et que tu veux attaquer le comte avec ton épée, va au numéro 4.

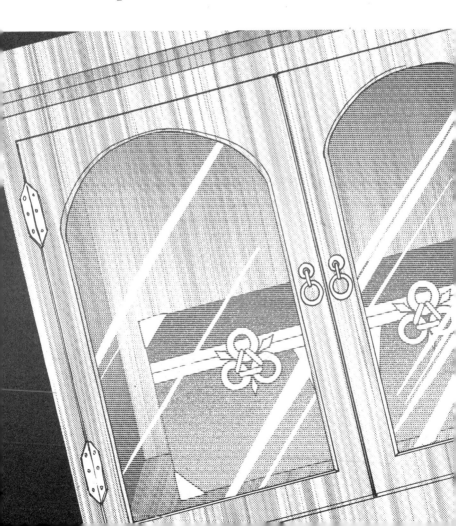

47

Tu sais d'expérience qu'il ne faut pas laisser vivre de telles créatures, car elles auront tôt fait d'attaquer des voyageurs innocents.

— Disparais! ordonnes-tu en brandissant ton bâton.

Aussitôt, un tourbillon de flammes surgit et, l'instant d'après, les affreux grollbelins ne sont plus qu'un tas de cendres.

Il fait nuit à présent. Tu scrutes la rive de l'autre côté du pont et devines la silhouette de grands arbres. Qui sait quel genre de créatures se cachent dans la forêt? Tu as beaucoup voyagé aujourd'hui, mais tu dois encore prendre une décision.

Si tu souhaites rentrer à l'auberge du Crapaud fringant, va au numéro 34.

Si tu préfères continuer vers la forêt, va au numéro 28.

48

Tu te dis qu'il ne sert à rien de poursuivre le gobelin. À coup sûr, le comte Maudius a déjà eu vent de ta mission.

Tu demandes à l'aubergiste de conduire ton cheval à l'écurie. Ensuite, tu te diriges vers ta chambre à laquelle tu jettes un sort de protection et tu sombres dans un profond sommeil.

Tu te lèves à l'aube, avales un bon déjeuner et te remets en chemin, prêt à affronter le comte Maudius sur les terres du Nord.

Va au numéro 40.

49

Malgré l'heure tardive, tu prépares ton sac de voyage, glisses ton épée dans son fourreau, attrapes ton bâton de sorcier et sors. Dès que tu mets les pieds dehors, dans la nuit enneigée, tu as un mauvais pressentiment.

— Lumière! commandes-tu.

Ton bâton s'illumine et éclaire l'obscurité. Une vision d'horreur t'attend. Des douzaines de créatures grotesques se tiennent devant toi, grondant et grommelant. Avant que tu puisses réagir, elles se ruent sur toi et t'arrachent ton bâton.

Tu tentes de riposter, mais elles sont trop nombreuses. Leurs griffes et leurs dents déchirent ta chair. Ton sang coule et vient tacher la neige immaculée.

Si tu souhaites reprendre ton aventure depuis le début, va au numéro 1.

50

Le comte Maudius envoie d'autres éclairs de feu vers toi, mais tu réussis à les éviter.

Tu t'élances, bondis par-dessus le comte en faisant une pirouette et le frappes d'un coup de bâton à la tête au passage. Tu vas t'écraser contre la vitrine, qui se fracasse sous ton poids. Tu t'empresses d'y prendre le coffret doré et de l'ouvrir avec la clé. Un cœur humain déposé sur une étoffe de soie rouge se trouve à l'intérieur. Il bat!

Tu appuies la pointe de ton épée dessus.

— Non! s'écrie le comte, horrifié. Je t'en prie! Je te donnerai tout ce que tu désires. Veux-tu de l'or? Veux-tu gouverner le monde avec moi?

— Je ne suis pas à vendre, répliques-tu.

Tu enfonces la lame dans le cœur. Le comte Maudius s'écroule par terre en serrant sa poitrine. Tu tournes la lame. L'homme rugit de douleur.

Une explosion assourdissante de lumière et de chaleur se produit alors. Quand le silence revient, tu découvres que le comte et tous ses partisans ont été réduits en cendres et en fumée.

Tu regardes autour de toi. Tu as réussi à vaincre le comte Maudius et son armée. Le monde vit désormais en paix. Tu es un véritable héros!

ARTISTE AU TRAVAIL!

Salut! Je m'appelle Sonia et je signe les illustrations des livres de la collection « C'est moi le héros ». J'œuvre surtout comme artiste du manga, mais j'anime aussi des ateliers de dessin.

Le travail pour cette collection se divise en trois étapes. Je fais d'abord une esquisse de la scène au crayon. Ensuite, j'apporte les changements demandés et je repasse mon dessin à l'encre. Enfin, j'ajoute des couches de texture pour créer les fonds et les ombres.

L'illustration de la section 24 montre bien à quel point il est important d'équilibrer les ombres. Pour faire ressortir la peau sombre du métamorfo, je l'ai dessiné sur un fond circulaire clair, entouré d'un bord foncé.